AF205810

Von Werner Hüper sind außerdem erschienen:

Die junge Frau mit Körbchen C ....
und die ganze Welt in Versen
ISBN: 9783734752872
*

Golf – Terrassengespräche
Berichte vom 19. Loch
ISBN: 9783734761454
*

Falsche Freunde
Kriminalroman
ISBN: 9783738616743
*

Vom Kreißsaal bis zum Alterssitz
Ein Leben in Versen
ISBN: 9783738646801
*

Kiez und Küste
Kriminalroman
ISBN: 9783739246635
*

Heißer Sex und Tiefkühlkost
Kriminalroman
ISBN: 9783744869317
*

Die Welt der Tiere
Humorvolle und besinnliche Verse über Tiere
ISBN: 9783752860818
*

Für die Zukunft ist es bald zu spät!
Hat die Jugend eine Chance, wenn die Politik
versagt?
ISBN: 9783749455362
*

Männergrippe und andere Katastrophen
ISBN: 9783732295555
*

Werner Hüper

Unsere Welt in Versen

Amüsantes und Kritisches
aus dem wahren Leben

Impressum:

Bibliografische Information der Deutschen Nationalbibliothek:
Die Deutsche Nationalbibliothek verzeichnet diese
Publikation in der Deutschen Nationalbibliografie;
detaillierte bibliografische Daten sind im Internet
über www.dnb.de abrufbar.

© 2019 Werner Hüper

Herstellung und Verlag: BoD – Books on Demand,
Norderstedt

ISBN: 9783750430471

Inhalt

***

1. Frauen

Eine Frau in besten Jahren

Eine Frau in besten Jahren
möchte die Figur bewahren.
Und dafür tut sie täglich viel,
hat in den Augen nur ein Ziel:
Immer schlank und rank zu bleiben
und die Kilos zu vertreiben.

Hat die Frau nur Haut und Knochen
nach Fastenkuren über Wochen,
sollte sie auch mal bedenken,
worauf Männer Blicke lenken,
denn auf spindeldürre Frauen
Männer gar nicht gerne schauen.

Sie hat nur im Sinn ihr Ideal,
akzeptiert dafür so manche Qual.
Kleidergröße achtunddreißig,
dafür hungert sie nun fleißig
und sieht einfach gar nicht ein,
da passt sie wirklich nicht mehr rein.

Auf Genüsse zu verzichten,
nach Diäten sich zu richten,
immer nur Salate essen,
jeden Tag die Taille messen
bringt auf Dauer schließlich Frust
und vertreibt die Lebenslust.

Und wenn es gar nicht anders geht,
sie in der Apotheke steht.
Schlankheitspillen fordert sie,
sehr zum Wohl der Pharmazie.
Der Beipackzettel stellt dann klar,
warum dies auch vergeblich war.

Ein Chirurg soll es nun richten,
doch auch das gelingt mitnichten.
Oder gar das Fett absaugen
wird am Ende auch nichts taugen.
Zum Schluss hat alles keinen Sinn,
die Frau bekommt ein Doppelkinn.

***

In den Bädern an der Küste

In den Bädern an der Küste
sieht man viele schöne Brüste.
Bei der Oberweite vieler Frauen
Männer ganz genau hinschauen.

Durch eine wohlgeformte Brust
gefördert wird des Mannes Lust.
Doch nicht alle Oberweiten
Frauen immer Glück bereiten.

Viele Wünsche bleiben offen,
die Damen oft vergeblich hoffen.
Die Schönheit ist ein hohes Gut
und oft erfordert sie auch Mut.

Denn wer schön sein will, muss leiden,
das lässt sich leider nicht vermeiden.
Schönheitschirurgen mit Skalpell
versprechen ihre Hilfe schnell.

Und wenn der Gatte gut betucht,
wird gleich ein Termin gebucht.
Mit Silikon und dem Skalpell
ändert sich der Busen schnell.

So investiert die Frau von Welt
gern eine große Summe Geld
ihren Busen aufzumotzen,
um damit herumzuprotzen.

Damit danach auch alles sitzt,
wird Botox ins Gesicht gespritzt.
So wird der Körper repariert
und die Natur wird korrigiert.

Jetzt sind ihr die Blicke sicher,
manchmal ist es auch Gekicher.
Denn die OP gelingt nicht immer,
hinterher ist es oft schlimmer.

Selten schmeichelt es dem Mann,
was als Erfolg sie buchen kann.
Und der Chirurg Erfolg genießt,
wenn er den Kontoauszug liest.

Der Arzt ist nach dem Eingriff froh,
den Damen geht's nicht immer so.
Denn das Ergebnis ist beschränkt,
wenn man dabei auch bedenkt,
dass Silikon in Brust und Po
verbessern niemals das Niveau.

Deshalb eine Bitte nur:
Akzeptiert doch die Natur!

***

Damen beim Friseur

Dauerwelle oder Strähnen?
Vom Friseur ist zu erwähnen,
die Pflege für des Hauptes Haar
oft gar nicht mal so wichtig war.

Will die Dame alles wissen,
den Termin kann sie nicht missen.
Wo sonst könnte sie erfahren,
wie die letzten Wochen waren?

Neuigkeiten, Tratsch und Daten
kann nur der Friseur verraten.
Und mit „Gala" und dergleichen
kann die Promis sie erreichen.

Dieses ist für Damen wichtig,
Friseurtermine deshalb richtig.
Und was passiert mit der Frisur,
ist eigentlich ein Vorwand nur.

***

Die junge Frau mit Körbchen C

Die junge Frau mit Körbchen C
machte Urlaub an der See.
Und für dieses Strandvergnügen
fuhr sie auf die Insel Rügen.

Am Strandabschnitt für FKK
man ihren schönen Körper sah.
Die Männerwelt war ganz verzückt,
so mancher hätt' sie gern
..............kennen gelernt.

***

Winterspeck

Der Winter geht, man sieht den Speck,
der muss schnellstens wieder weg.
Viel zu eng der Hosenbund,
wieder ist der Bauch zu rund.

Kleid und Rock sind eingelaufen,
ist das nicht zum Haare raufen?
Ein jeder kennt dies Phänomen,
das leider jedes Jahr zu sehn.

Schlankheitskuren sind jetzt in,
doch die machen keinen Sinn.
Spätestens nach Jahresfrist
der Bauch schon wieder dicker ist.

***

Die Seele einer Frau

Die Wissenschaft hat einen Traum,
sie will erforschen Zeit und Raum.
Der Erde letzte weiße Flecken
wird man in Kürze schon entdecken.

Doch eines wird man nicht erfahren,
ist ein Geheimnis schon seit Jahren.
Das ist die Seele einer Frau,
kein Mann wird jemals daraus schlau.

Die Frau ist ein geheimes Wesen.
Darüber hat man viel gelesen,
doch geht es um konkretes Wissen,
die Männerwelt lässt es vermissen.

Und es erforscht die Wissenschaft
dies Phänomen mit aller Kraft,
doch das Geheimnis bleibt bestehen.
Wer wird die Frauen je verstehen?

***

Ich liebe Dich!

Du bist die Sonne für mich.
Sie gibt die Wärme und das Licht,
strahlt wie ein lachendes Gesicht.
Ich liebe Dich.

Du bist der Mond für mich.
Leuchtend in der dunklen Nacht
er Hoffnung auf den Morgen macht.
Ich liebe Dich.

Du bist der Frühling für mich.
Er macht wieder grüne Blätter
und erfreut mit gutem Wetter.
Ich liebe Dich.

Du bist der Sommerwind für mich.
Er zerzaust Dir Deine Haare
hoffentlich noch viele Jahre.
Ich liebe Dich.

Du bist der Wellengang für mich.
Bereits am rauen Nordseestrand
ich mit Dir großes Glück empfand.
Ich liebe Dich.

Du bist die Therapie für mich.
Deine Nähe tut mir gut,
macht mir immer wieder Mut.
Ich liebe Dich.

***

Diät

Seine Frau will nicht mehr essen,
Rezepte ab sofort vergessen.
Viel lieber möchte sie nur Liebe,
dabei Befriedigung der Triebe.

Und sie will gern Kilos lassen.
Diesen Wunsch kann er nicht fassen.
Er liebt sie doch, so wie sie ist,
und meint, Diäten wären Mist.

***

Zitat

Es gibt ein Alter, in dem eine Frau schön sein muss, um geliebt zu werden. Und dann kommt ein Alter, indem sie geliebt werden muss, um schön zu sein.

Françoise Sagan

***

2. Männer

Kleine Männer

Ist ein Mann zu klein geraten,
neigt er zu besonderen Taten.
Und als Beispiel kennt man schon
Bonaparte Napoleon.

Auch in jüngerer Geschichte
gibt es lächerliche Wichte,
die, obwohl bedeutungslos,
wirken gern besonders groß.

Und wegen ihrer Körpergröße
haben sie Angst vor jeder Blöße.
Diese will man sich nicht geben
und benimmt sich oft daneben.

Durch den Persönlichkeitsdefekt
erheischen sie allzeit Respekt.
Wer etwa Widerstand erwägt
wird unverzüglich abgesägt.

Auch die charakterlichen Lücken
können sie schnell überbrücken.
Anstand lassen sie vermissen,
handeln ohne ihr Gewissen.

So ist das Los, wenn man zu klein,
man möchte einfach größer sein.
Gewogen und zu leicht befunden,
wer hat das jemals schon verwunden?

***

Die Midlifecrisis

Die Midlifecrisis bringt dem Mann
den Glauben, dass er alles kann.
Kleiner Bauch und wenig Haare,
das passiert im Lauf der Jahre.
Seiner Wirkung auf die Frauen
will er immer noch vertrauen.

Doch erste Kratzer sind im Lack,
das sehen Frauen mit Geschmack.
Die andern schauen da nicht hin,
haben sein Konto mehr im Sinn.
Und durch Geldgier wie von Sinnen
die Affäre sie beginnen.

Eine, die er auserkoren,
hat schon lange sich geschworen,
einen reichen Mann will ich,
umso besser lebt es sich.
Er hat gar nicht mitbekommen,
dass er hier nur ausgenommen.

Sein Haus, sein Auto und sein Schiff,
das war es, was sie gleich begriff.
Der gewünschte Rahmen eben
für das schöne Luxusleben.
Er erhöht noch die Präsenz
durch ein Fahrzeug Marke Benz.

Er erkennt mit einem Blick,
die Frau ist besonders schick.
Wenn er mit ihr glänzen kann,
fühlt er sich als toller Mann.
Und hat sie auch noch Sexappeal,
bedeutet das besonders viel.

Stolz führt er sie zum Empfang,
an der Gästeschar entlang.
Sein Verstand versagt total,
alle sehen es im Saal.
Die junge Frau auf dem Parkett
macht nicht seine Schwächen wett.

Glaubt er die Richtige gefunden,
fühlt er sich gar nicht mehr gebunden.
Und wie Männer manchmal sind,
verlässt für sie er Frau und Kind.
Und reicht danach, das ist gemein,
beim Amtsgericht die Scheidung ein.

***

In der Kneipe

In der Kneipe an der Ecke
stehen Tische ohne Decke.
Schön blank gescheuert und aus Holz
sind sie des Wirtes ganzer Stolz.

Am Freitagabend sitzen hier
Arbeiter und trinken Bier.
Das Pils läuft ohne Unterlass,
der Wirt holt grad ein neues Fass.

Die Arbeitswoche ist vorbei,
jetzt haben sie zwei Tage frei.
Vom Job wird heute ausgeruht,
ein kühles Bier tut dabei gut.

Und unter Freunden wird erzählt,
dass der Chef sie ständig quält
mit immer wieder neuen Sachen,
die die Arbeit schwerer machen.

Hat der Chef auch Stress gemacht,
jetzt erstmal die Freizeit lacht.
Die Diskussion zieht sich dahin,
ein jeder ist da mittendrin.

Anstatt mal auf die Uhr zu sehn,
ist es plötzlich kurz vor zehn.
Ein schneller Aufbruch folgt sodann,
damit man noch was retten kann.

Die Ehefrau, die wartet schon,
begrüßt den Mann in strengem Ton.
Er fragt sich darauf, gar nicht heiter,
geht der Stress schon wieder weiter?

Nächsten Freitag, wie berichtet,
wurde wieder er gesichtet
in der Kneipe an der Ecke
mit den Tischen ohne Decke.

***

Der kleine „Gernegroß"

Man hat schon öfter mal erlebt,
dass jemand steil nach oben strebt.
Er mimt deshalb den starken Mann,
tut so, als ob er alles kann.

Doch weit gefehlt, es ist nur Schein,
er möchte nur der Größte sein.
Es ist der kleine „Gernegroß",
der leidet unter diesem Los.

Er müht sich immer um Präsenz,
doch fehlt ihm leider Kompetenz.
Weil es an Sachverstand gebricht,
ist er auf Wirkung sehr erpicht.

Er schart um sich nur die Vasallen,
die für ihn Komplimente lallen.
So fühlt er sich gar übermächtig,
und alle finden ihn so prächtig.

Genüsslich wird er angehimmelt,
von Freunden es nur noch so wimmelt.
Und trotzdem sieht man ihn oft scheitern
beim Klettern auf Karriereleitern.

***

Freunde

Wichtig ist ein Freundeskreis,
von dem man zuverlässig weiß,
dass er bei allen Schwierigkeiten,
in guten und in schlechten Zeiten,
kompromisslos zu dir hält.
Das ist es, was letztlich zählt.

Irgendwann kommt ein Problem,
im Umfeld wird es unbequem.
Dann zeigt sich oft erschreckend klar,
was bleibt von deiner Freundesschar.
Wirst du bedrängt und kommst in Not,
ist manche Freundschaft sehr schnell tot.

***

Rauchen

Weil man es bisher nicht gekannt,
findet man es interessant.
Und man probiert es einfach aus,
meist in der Jugend, hinterm Haus.

Verboten war es allemal,
doch das war uns ja egal.
Denn dadurch fühlte man sich frei,
zumal die Eltern nicht dabei.

Natürlich schmeckte es uns nicht,
das war zu sehen im Gesicht:
Es wurde grün und äußerst bleich,
und übel war uns auch sogleich.

Viel Vernunft war nicht zugegen,
denn sonst wäre man dagegen.
Von Krebsgefahr war nichts bekannt,
man rauchte ja im ganzen Land.

Die Werbung war so ausgelegt,
dass sie die Jugend auch bewegt.
Der harte Cowboy auf dem Pferd
von Marlboro hat sich bewährt.

So war das Rauchen eine Pflicht,
sonst ging Erwachsenwerden nicht.
Wer hätte damals denn gedacht,
dass uns das Rauchen süchtig macht?

Viel später kam dann der Versuch,
sich zu befreien von dem Fluch.
Und dabei zeigt sich irgendwann,
der wirklich willensstarke Mann.

Denn die Medizin mit Pillen
bringt nichts ohne festen Willen.
Nur absolute Konsequenz
sichert die Raucher-Abstinenz.

***

Zitat

Manche Männer bemühen sich lebenslang, das Wesen einer Frau zu verstehen. Andere befassen sich mit weniger schwierigen Dingen z. B. der Relativitätstheorie.

Albert Einstein

3. Familie

Urlaubszeit

Endlich beginnt die Urlaubszeit,
Aufbruchstimmung weit und breit.
Es sollte in die Berge gehen,
was Kinder meistens nicht verstehen.
Urlaub ohne Sand und Strand
auch Mutter nicht sehr reizvoll fand.
Deshalb meinte sie, man müsste,
Urlaub machen an der Küste.

Italien sollte es schon sein,
mit gutem Essen, Sonnenschein.
Der Vater hatte eingelenkt,
seinen Frust im Wein ertränkt.
Das Ziel ist jetzt das Mittelmeer,
die Kinder freuen sich schon sehr.
Die Reise wird zwar stressig sein,
doch darauf stellen sie sich ein.

Viel Gepäck ist zu verstauen,
Vater sieht es schon mit Grauen.
Er bittet alle, zu bedenken,
die Wünsche etwas zu beschränken.
Doch die Familie sieht's nicht ein,
und packt alles in die Koffer rein.
Für diesen Urlaub braucht man doch,
das Eine und das Andere noch.

Ist das Gepäck endlich verstaut,
Vater sich Widerspruch nicht traut.
Sehr früh am Morgen will man starten,
möglichst an keiner Grenze warten.
Schon am Inntaldreieck ist's vorbei
mit der flotten Fahrerei.
Ein Stau so weit das Auge reicht,
des Vaters gute Laune weicht.

An dieser Stelle stehen wir immer,
nur ist es heute noch viel schlimmer.
Drei Stunden in Bereitschaft bleiben
und irgendwie die Zeit vertreiben.
Muss denn diese Urlaubsreise
ärgern uns auf diese Weise?
Das ist jedes Jahr das Los,
warum machen wir das bloß?

In Italien angekommen,
vom Quartier Besitz genommen.
Die Strapazen überwinden
und ein wenig Ruhe finden.
Schon nach wenigen Ferientagen
kann man alles gut ertragen.
Wein und Essen schmecken gut,
gelegt hat sich des Vaters Wut.

Doch manchmal hätt' er gerne
ein paar Berge in der Ferne.
Der nächste Urlaub kommt bestimmt,
in dem er einen Berg erklimmt.
Der Wunsch der Kinder wird missachtet
und auf der Hütte übernachtet.
Die Brotzeit auf der Berge Höhn
findet er besonders schön.

War dies' Jahr die Familie dran,
nächstes Jahr sie mich mal kann.

***

Last Minute

Manchmal kann man es verstehen,
in den Süden soll es gehen.
Sommerwärme, immer Sonne,
bringen wahre Urlaubswonne.

Ein Schnäppchen wird im Netz gesucht.
„Last Minute" wird noch schnell gebucht.
Egal wohin es einen treibt,
und was dann im Gedächtnis bleibt.

Land und Leute sind nicht wichtig,
hinterher weiß man nicht richtig,
wo man im Urlaub wirklich war,
es wird nur noch an Fotos klar.

***

Holsteinische Schweiz

Ein ganz besonders schönes Land
wird Holsteinische Schweiz genannt.
Traumhafte Seen, Hügel und Wald
begeistern nämlich Jung und Alt.

Das beste Klima weit und breit,
und es ist schön zu jeder Zeit.
Für alle, die Erholung suchen:
Hier sollten Sie den Urlaub buchen!

Es ist egal, wonach Sie streben,
Sie können alles hier erleben.
Segeln, Paddeln, Fahrrad fahren,
das alles gibt es hier seit Jahren.

Oder auch für Mädchen Reiten,
über Holsteins schöne Weiten?
Oder Fußball für die Knaben?
Kann man in Malente haben!

Sie lieben etwa Kunstgenuss?
Dann ist Eutin für Sie ein Muss!
Was man als Klassik-Fan gern hat,
das bietet diese Festspielstadt!

Auch ein Umzug kann sich lohnen,
denn man kann hier sehr schön wohnen.
So mancher hat das schon erkannt,
zog von der Großstadt raus aufs Land.

***

Die letzte Mahlzeit

Einst gab es ne' Familie,
die aß gern Petersilie.
Und am liebsten nahm sie glatte,
weil sie die im Garten hatte.

Die Petersilie im Garten
muss jetzt etwas länger warten,
denn sie schickten die Gerlinde,
dass im Wald sie Pilze finde.

Kochen kann man sich jetzt sparen,
weil die Pilze giftig waren.

***

Pasta

Schmal ist heut' das Mahl bemessen,
sehr bald ist alles aufgegessen.
Was hat der Koch sich nur gedacht,
hat er etwa nicht bedacht,
dass sein Gast ein Nudelesser?
Große Mengen sind da besser!

Dieser Gast träumt Tag und Nacht,
dass ihm jemand Nudeln macht.
Spaghetti sind sein halbes Leben,
er würde vieles dafür geben.
Er mag zu jeder Zeit gern Pasta,
basta!

***

Die Blume an dem Hochzeits-
kleid

Die Blume an dem Hochzeitskleid
schmückt ungemein die junge Maid.
Die Blume kann so miterleben,
wie zwei sich für das ganze Leben
allerlei Versprechen geben.

Man wünscht sich, dass das lange geht,
das Brautpaar zueinander steht,
die Versprechen nicht verfrüht
und die Liebe nicht verglüht,
bevor die Blume ist verblüht.

***

Romantik am Ende?

Einst schnitzte ich in Baumes Rinde,
war es 'ne Birke oder Linde?
Der Text hieß, ich erinnere mich:
„Mein lieber Schatz, ich liebe Dich!"

Diese Art, etwas zu schreiben,
wird wohl auf der Strecke bleiben.
Die Technik wird uns überrollen,
egal, ob wir das wirklich wollen.

Es ist doch sicher keine Frage,
ein Smartphone ist nicht in der Lage,
romantisch etwa so zu wirken
wie Lindenbäume oder Birken!

***

Fräulein Kunigunde

Vom edlen Fräulein Kunigunde
hörte neulich man die Kunde,
sie hätte allzu enge Bande
zu einem Mann von niedrem Stande.

Da sie aus noblem Hause stammte
und jeder sie im Orte kannte,
hätte niemand wohl gedacht,
dass Kunigunde so was macht.

Nun soll auch noch Hochzeit sein,
die Eltern finden das nicht fein.
Ihrem uralten Geschlecht
wird der Kerl doch nicht gerecht.
So dachten und so sprachen sie:
„Diese Hochzeit gibt es nie!"

Weil der Schwiegersohn nicht passt,
wurde der Entschluss gefasst:
Rennt die Tochter ins Verderben,
werden wir sie wohl enterben.

Die Eltern zeigen dadurch klar,
wie es vor hundert Jahren war.
Mit diesem sturen Blick zurück
gefährden sie der Tochter Glück.

Doch die Tochter lässt das kalt,
verlässt das Elternhaus schon bald.
Sie heiratet den Auserwählten.
Die Menschen sich im Ort erzählten,
der Adel hätte nichts gelernt
und sich weit vom Volk entfernt.

Nur Kunigundes starker Wille
verhilft zum Glück in aller Stille.

***

4. Trautes Heim

Auf der Terrasse

Im Liegestuhl auf der Terrasse,
den Kaffee in der Sammeltasse,
will man den Nachmittag genießen.
Nebenan die Blumen sprießen.

Der Nachbar nun in seinem Garten
kann aufs Mähen nicht mehr warten.
Und mit lautem Motorklang
setzt er das Gerät in Gang.

Dann beginnt er, Holz zu spalten,
will so seinen Tag gestalten.
Auf der Terrasse auszuruh'n,
ist jetzt kein angenehmes Tun.

Erst wenn die Sonne sich verzieht
und der Nachbar nichts mehr sieht,
ist zu genießen die Terrasse.
Mit kaltem Kaffee in der Tasse.

Deutlich schöner wird es hier
mit einer kühlen Flasche Bier.
Der Nachbar um die Ecke schaut,
mich wundert, dass er sich das traut!

***

Wenn Rasenmäher Ruhe stören

Wenn Rasenmäher Ruhe stören,
so mancher denkt, ich könnte schwören,
bald bring ich den Nachbarn um,
dann ist der Rasenmäher stumm.

***

Der Nachbar grillt

Kaum schaut mal die Sonne raus,
geht es los im Nachbarhaus.
Die Kohle auf den Grill gebracht,
schon wird Feuer angefacht.
Und nach gar nicht langer Zeit
liegt das Grillgut auch bereit.

Schweinerippchen, Steaks und Wurst,
kühles Blondes gegen Durst.
Das sind alles leckre Sachen,
die mich spontan neidisch machen.
Man schnuppert deutlich in der Luft
den angenehmen Bratenduft.

Das nächste Mal grill ich zurück,
mit gut gewürztem Nackenstück!

***

Nachbars Hecke

Der Nachbar seine Hecke schneidet,
er wird von mir darum beneidet.
Ich hätte weniger gelitten,
hätte er meine mitgeschnitten.

***

5. Tiere

Der Wurm

Der Wurm auf eines Baumes Blatte
bislang ein schönes Leben hatte.
So fraß er Löcher in das Blatt,
irgendwann, da war er satt.

Auf dem Blatt hat er gesessen
bis ein Vogel ihn gefressen.
So ist das wohl in der Natur.
Immer geht's ums Fressen nur.

***

Eichhörnchen

Ein Hörnchen mit Vornamen „Eich"
war an geklauten Nüssen reich.
Damit es sie im Winter fände,
sucht es Verstecke im Gelände.

Doch wie es oft um Menschen steht,
es leider auch dem Hörnchen geht.
Es findet nicht der Nüsse Lage,
das ist menschlich, ohne Frage.

***

Ein Vogel

Ein Vogel legt ins Nest ein Ei,
damit das bald der Nachwuchs sei.
Doch gibt es leider auch Getier,
das wartet auf die Mahlzeit hier.
Ein Wiesel klettert auf den Baum.
Aus war es mit dem Nachwuchstraum.

***

Die Zecke

An meinem Bein sitzt eine Zecke
zu gar nicht angenehmem Zwecke.
Und sie hat sich auch getraut,
sich festzubeißen in der Haut.

Wenn ich sie nicht gleich vernichte,
droht eine längere Geschichte.
Deshalb greif ich 'ne Pinzette,
pack die Zecke, diese fette.

So sieht das Bein viel besser aus,
hoffentlich ist sie ganz raus!
Diese Zecke, diese fiese,
fing ich ein auf einer Wiese.

***

Wespe und Biene

Die Wespe gern den Menschen sticht,
der wiederum ist sehr erpicht,
sich vorm Wespenstich zu schützen
durch lange Ärmel und auch Mützen.

Meist sucht die Wespe süße Sachen,
die beim Frühstück Freude machen.
Ein Deckel auf der Marmelade
ist für die Wespe wirklich schade.

Anders ist es bei den Bienen,
die den Menschen meistens dienen.
Über sie gibt's kein Gemecker,
denn der Honig ist sehr lecker.

***

Die Made

Gern wär' sie davon geflogen,
sie lebte auf dem Blatt als Made
und wurde um den Flug betrogen,
weil sie gefressen wurde, schade.

***

Der Goldfisch in der Kugelvase

Der Goldfisch in der Kugelvase,
die aus transparentem Glase,
lebt in seiner eignen Welt
solang das Glas das Wasser hält.

Doch als die Katze unbewacht
die Vase hat kaputt gemacht
und das Wasser schnell entwich,
war's zu Ende mit dem Fisch.

***

Die Wühlmaus

Die Wühlmaus, die im Garten wühlte,
kein Mitleid mit dem Gärtner fühlte.
Sie wühlte auch im Blumenbeet.
Der Gärtner sah das viel zu spät.

Die Tulpen waren umgeknickt,
der Gärtner hat's mit Groll erblickt.
Mit Wut steht er am Gartentor,
nimmt sich der Wühlmaus Ende vor.

Keine Gnade er nun kannte
und zum Geräteschuppen rannte.
Mit Spaten, Falle und Chemie
gibt es keine Chance für sie.

Doch der Wühlmaus ist schnell klar,
in diesem Garten droht Gefahr.
Deshalb kann man darauf warten,
bis sie wühlt in Nachbars Garten.

***

Der Gamsbart

Der Gamsbock auf die Felsen steigt,
dabei er nicht zum Schwindel neigt.
Um den Gamsbock dort zu jagen,
auf den Berg sich Jäger wagen.

Eine Trophäe nach Hause bringt,
nur wem die Jagd am Berg gelingt.
Der Gamsbart ziert den Jägerhut,
der Gamsbock findet das nicht gut.

***

Der Bandwurm

Der Bandwurm, der im Menschen lebt,
nach leckerer Ernährung strebt.
Doch leider hat er sich vertan,
wenn dieser Mensch lebt nur vegan!

***

Der Dachs

Im Untergrund in seinem Bau
wohnt der Dachs mit seiner Frau.
Langes Glück ist ihm verwehrt,
denn sein Haar ist sehr begehrt
als Pinsel für der Männer Bart.
Dem Dachs bleibt leider nichts erspart.

***

Der Wetterfrosch

Vom Wetterfrosch nimmt man wohl an,
dass er das Wetter ahnen kann.
Doch wer sich ganz auf ihn verlässt,
wird auch manchmal durchgenässt.

***

Tausendfüßler

Ein Schuster sagte unumwunden,
ein Tausendfüßler jetzt als Kunden,
der würde meinen Laden retten,
doch kann ich sicher darauf wetten:
Da diese Viecher barfuss laufen,
sie leider selten Schuhe kaufen.

***

Das Faultier

Das Faultier, das im Baume hängt,
sich nie zu einer Arbeit drängt.
Es bleibt lieber im Baum oben,
dieses Tier ist sehr zu loben!

Mancher wird es wohl beneiden,
doch der Mensch kann es nicht leiden,
wenn jemand überhaupt nichts tut.
Dazu gehört 'ne Menge Mut.

Und auch natürlich genug Geld,
denn das regiert der Menschen Welt.
Das Faultier ist da besser dran,
weil es im Baum rumhängen kann.

***

Zum Kuckuck

Der Kuckuck ist ein schlaues Tier,
das weiß jeder im Revier.
Vom Brüten hält er nicht so viel,
er kommt auch anders an sein Ziel.
Legt Eier in ein fremdes Nest,
andere machen dann den Rest.

So clever dies auch scheinen mag,
irgendwann kommt auch der Tag,
da führt er noch ein zweites Leben,
wenn Gerichtsvollzieher kleben
ihn auf meistens teure Sachen,
um sie so zum Pfand zu machen.

So wie der Kuckuck sich vermehrt,
wird er vom Tierfreund sehr verehrt.
Der Schuldner jedoch voll Verdruss,
schimpft auf den Gerichtsbeschluss:

Zum Kuckuck!

***

Der Floh

Lässt in Ruhe uns der Floh,
sind wir alle ziemlich froh.
Doch kann man ihn im Circus sehen,
dann bleiben viele Menschen stehen.
Und auf manchem Jahrmarkt schon,
war der Floh die Attraktion!

***

Nacktschnecken

Nacktschnecken sind nicht sehr beliebt,
wenn es im Garten welche gibt.
Es ist Eigenart der Schnecken,
sich im Grünen zu verstecken.

Nur nach ausgedehntem Regen
merkt man, dass sie sich bewegen.
Nun ist es so, dass viele Frauen
sich vor diesen Viechern grauen.

Leider können sie nicht warten,
bis die Schnecken aus dem Garten
verschwunden sind bei Sonnenschein
und alles wieder „schneckenrein".

Die Mordlust treibt die Damen an,
sie gehen mit Methoden ran,
die die sehr verhassten Schnecken
lässt nach kurzer Zeit verrecken.

Die Methoden zu beschreiben...
soweit will ich es nicht treiben!

***

Schweine

Man sagt zu Menschen häufig Schwein,
wenn sie was tun, was nicht sehr fein.
Das ist ein Grund, mal nachzudenken,
dem Schwein Gerechtigkeit zu schenken.

Als dumm und dreckig gelten sie,
doch das ist reine Infamie.
Der Mensch hat sie erst so gemacht
und sie in Ställe reingebracht.

Sie würden sicher anders leben,
ließe man sie danach streben.
Doch der Mensch aus reiner Gier
hat null Respekt vor diesem Tier.

Er zieht sie in der Masse groß,
der Tierfreund fragt, was soll das bloß?
Nur artgerechte Haltung wär'
den Schweinen gegenüber fair!

Und dumm sind Schweine auch wohl
nicht,
die Forschung brachte das ans Licht.
Manche Menschen wären froh,
bei ihnen wär' es ebenso.

***

Der Maulwurf

Der Maulwurf buddelt intensiv
auf dem Golfplatz, nicht sehr tief.
Und wo die Buddelspur verläuft,
sind Maulwurfshügel angehäuft.

Man ebnet sie schnell wieder ein,
der Maulwurf findet das nicht fein.
Und so gräbt er auf die Schnelle
auf dem Platz an anderer Stelle.

Der Maulwurf, der im Erdreich wühlt,
kein Mitleid mit den Golfern fühlt.
Würde man ihn fassen,
müsste er es lassen.

Keiler und Bache

Die Wildsau liegt mit ihrem Gatten
unterm Baum im kühlen Schatten.
Zum Aufbruch treibt es beide bald
und sie verlassen diesen Wald.

Demnächst die Sonne wird verschwinden,
sie wollen jetzt ihr Futter finden.
Der nahe Golfplatz lockt sie an,
die Würmer man schon riechen kann.

Ein Zaun soll ihre Chancen mindern
und Schäden auf dem Platz verhindern.
Die Sau bleibt mit dem Gatten stehen
und denkt, das wollen wir mal sehen.

Der Keiler grunzt zu seiner Bache:
„Zaun mit Strom? Das ich nicht lache!"
Nicht lange stehen sie davor
und laufen dann zum Eingangstor.

***

Wanzen

Die Wanzen findet man nicht nett,
denn häufig wohnen sie im Bett.
Wenn sie mal woanders wohnen,
helfen sie meist den Spionen.

***

Klöckner und der Zirkus

Tiere in der Zirkuswelt
werden allzu oft gequält.
Muss man wilde Tiere halten,
um den Zirkus zu gestalten?
Man kann es wie Roncalli richten
und auf die Tiere ganz verzichten!

Ein Tierfreund kann es nicht ertragen,
wenn Tiere in zu engen Wagen
oder eingesperrt in kleinen Kisten
nicht artgerecht ihr Dasein fristen.
Ein Verbot wär' angebracht,
doch Klöckner hat nicht mitgemacht.

Der Tierschutz ist ihr einerlei,
sie steht den Unternehmern bei.
Auch beim Landbau macht sie's so,
die Bauern sind darüber froh.
Sie lässt Gifte auf die Äcker sprühen,
so dass dort keine Blumen blühen.

Denkt sie an das Wohl der Bauern,
sind die Tiere zu bedauern.
Eingesperrt in enge Ställe
leiden sie auf alle Fälle.
Käfighaltung macht nur Sinn,
säße auch Frau Klöckner drin.

***

Zitat

*Die Größe und den moralischen Fortschritt
einer Nation kann man daran messen, wie
sie ihre Tiere behandeln.*

Mahatma Gandhi

6. Jahreszeiten

Frühlingsboten

Der Frühling schickt die ersten Boten,
die Sonne scheint schon wohlig warm,
Optimismus ist geboten.
Auch der erste Vogelschwarm
ist zurück in der Region,
sucht zum Brüten einen Ast
und baut erste Nester schon.
So geht zu Ende Winters Last.

Die Natur jetzt voll genießen,
den Duft des Frühlings in der Nase,
erleben wie die Pflanzen sprießen,
dies ist des Jahres schönste Phase.
Doch diese währt nur kurze Zeit,
das Ende naht im Sauseschritt,
wir wissen das und sind bereit,
und gehen auf die Reise mit.

***

Biker

Mit den ersten Sonnenstrahlen
sieht man auch die Biker prahlen.
Aufgemotzt sind die Maschinen,
die nur einem Zwecke dienen:
Vielbeachtet auszuschwärmen
und extrem dabei zu lärmen.

Was treibt nur diese Menschen an?
Wer noch vernünftig denken kann
und ist stolz auf diese Gabe,
braucht nicht das Potenzgehabe.

Beschleunigen auf 100 Sachen,
muss es dabei immer krachen?
Meist im Rudel wird gebrettert,
Serpentinen 'raufgeklettert.

Dick eingepackt in Lederkluft
bekommt der Körper kaum noch Luft.
Und das Hirn, das kaum benützt,
wird durch einen Helm geschützt.

Würde man mal langsam fahren,
ohne protziges Gebaren,
könnte man das Land genießen,
sehen wie die Pflanzen sprießen.

Ein Biker, der sich daran hält,
sieht auch mehr von dieser Welt.
Bei diesem macht der Helm auch Sinn,
denn da scheint wirklich etwas drin.

***

Endlich Frühling

Jetzt steht es endlich außer Frage,
gezählt sind dunkle Wintertage.
Die Sommerzeit ist eingestellt,
obwohl sie manchen nicht gefällt.

Bunt strahlt schon das Blütenmeer
und das erfreut uns alle sehr.
Die Vögel zwitschern voller Lust,
vorbei sind Dunkelheit und Frust.

Die Autos fahren wieder offen,
weil Fahrer auf die Sonne hoffen.
Auch Biker kann man wieder hören,
wie sie die Frühlingsruhe stören.

Schnell die Terrassenmöbel raus,
so schaut das doch viel besser aus.
Und weil das schöne Wetter reizt,
wird auch der Grill gleich angeheizt.

Es passiert, was kommen muss,
mit den Nachbarn gibt's Verdruss.
Das Steak verbreitet Bratenduft,
der Nachbar beklagt schlechte Luft.

Wäre es nicht schön gewesen,
könnte man hier auch noch lesen,
wie die Nachbarn es genießen,
dass die Pflanzen wieder sprießen?

Und mit einem guten Willen
kann man doch gemeinsam grillen.
Dann wird der Frühling wunderbar
und auch die Luft ist wieder klar.

***

Ein Sommertag in München

An manchen heißen Sommertagen
hält man sich auf in kühlen Zonen.
Die Hitze ist kaum zu ertragen,
jetzt möchte man im Norden wohnen.
In Biergärten unter Bäumen
kann man von der Küste träumen.

Gegen Abend wird es frisch,
sehr dunkel wird's am Horizont.
Die nächste Maß kommt auf den Tisch,
man sieht schon die Gewitterfront.
Jetzt ist vorbei die große Hitze,
wenig später erste Blitze.

Schnell nach Hause ohne Regen,
vorbei ist die Gemütlichkeit.
Jetzt sollte man sich schnell bewegen,
denn das Gewitter ist nicht weit.
Schon die ersten Regentropfen
leise an das Fenster klopfen.

Dann geht es los mit Urgewalt,
mit Blitz und Donner überall
peitscht der Regen ohne Halt.
Und mit einem großen Knall
hat der Blitz wohl eingeschlagen.
Aus ist es mit Sonnentagen.

Nun regnet es erst ein, zwei Tage,
d.h. das Wetter ist stabil.
Es stellt sich jetzt erneut die Frage:
Welches ist das bessre Ziel?
Wenn ich mich entscheiden müsste,
wählte ich die Ostseeküste.

***

Der Jäger auf dem Hochsitz

Der Jäger auf dem Hochsitz lauert,
doch bis er schießen kann, das dauert.
Denn bevor er Wild erblickt,
ist er müde eingenickt.

Als er wieder aufgewacht,
hat sich das Wild halbtot gelacht.
Vergeblich hat er sich versteckt
und die Blamage ist perfekt.

Dieser Tag bleibt ohne Strecke,
er geht zum Schlachter um die Ecke.
Kauft sich hier den Sonntagsbraten,
der Schlachter wird ihn nicht verraten.

* * *

Erntezeit

Die Ähren wiegen sich im Wind,
die Erntezeit schon bald beginnt.
Der Bauer sieht stolz auf sein Feld,
zählt in Gedanken schon das Geld.

Und wenn die Ernte nicht viel bringt,
auch dieses Jahr ihm gut gelingt.
Durch die Beschlüsse der EU
nimmt der Gewinn doch wieder zu.

Darauf kann er sich verlassen,
die EU hat volle Kassen.
Kommt der Bauer in die Miesen,
gibt es ein paar neue Wiesen.

Lässt er den Acker unbestellt,
gibt es aus Brüssel sehr viel Geld.
Denn so geht heute Landwirtschaft,
mit der man sich Vermögen rafft.

***

Natur und Jahreszeiten

Der Wandersmann am Wegesrand
wunderschöne Blumen fand.
Kornblumen blau und roter Mohn
leuchten aus der Ferne schon.

Früher waren sie umstritten
und als Unkraut abgeschnitten.
Den Unfug hat man eingesehen
und lässt sie nun am Rande stehen.

Der Sommer liegt in letzten Zügen,
die Bauern ihre Äcker pflügen.
Die Ernte ist längst eingebracht,
hat viele Bauern froh gemacht.

Die Blätter färben sich jetzt bunt,
der Herbst gibt erste Zeichen kund.
Morgens zieht nun Nebel auf,
das ist der Jahreszeiten Lauf.

Früh geht nun die Sonne unter,
Zugvögel sind wieder munter.
Wer nicht mehr länger bleiben kann,
tritt nun die weite Reise an.

Melancholie macht sich jetzt breit,
nun kommen Herbst- und Winterzeit.
Doch sehr bald erfreut uns wieder
die Natur mit buntem Flieder.

***

Wind im Wald

Wind im Wald,
es ist kalt.
Blätter fliegen,
bleiben liegen.
Winter ist bald.

***

7. Politik

Adler

Im Bundestag hängt dieses Tier,
symbolisch diesem Haus zur Zier.
Der Adler in die Lüfte schwebt
und nicht nach hohen Ämtern strebt.

Er hat den besten Überblick
und keinen Wähler im Genick.
Der Adler blickt aufs Parlament,
in dem ein großer Teil oft pennt.

Nicht aufmerksam nur so zum Schein,
wach wie ein Adler hier zu sein,
kann das Land nach vorne bringen.
Wird das dem hohen Haus gelingen?

Die Adler blicken auf die Welt,
wenn sie die Thermik oben hält.
Auch Politik ist abgehoben,
doch kann man nur die Adler loben.

***

Politiker, die Staaten lenken

Politiker, die Staaten lenken,
sollten dabei auch bedenken,
was das Volk im Land bewegt
und sich in den Herzen regt.

Egal ist, was die Bürger sagen,
warum sollte man sie fragen?
Wirtschaft bestimmt unser Leben,
alle nach Profit nur streben.

Sehr viele Völker sind in Not,
hätten statt Waffen lieber Brot.
Eher hilft man den Despoten,
die Bodenschätze angeboten.

Es werden Länder unterstützt,
wenn es den Helfern etwas nützt.
Ist in den Ländern nichts zu holen,
wird auch kein Einsatz dort befohlen.

Doch wirken lukrative Pfründe,
gibt's für den Einsatz viele Gründe.
Plötzlich ist Menschlichkeit gefragt
und Waffenhilfe angesagt.

Denn werden Waffen nicht gebraucht,
der Fabrikschornstein nicht raucht,
wird das Arbeitsplätze kosten
und Maschinen werden rosten.

Warum nicht gleich darauf verzichten
und sich nach den Menschen richten?

***

Staat und Kirche

Getrennt sind Staat und Religion,
steht in der Verfassung schon.
Und was kommt wirklich dabei raus?
Die Kirche nutzt den Staat nur aus.
Der Staat zieht Steuer für sie ein.
Der Bürger fragt: „Muss das denn sein?"

Außerdem ist nicht geheuer,
wie viel sonst von Bürgers Steuer
in der Kirchen Kassen fließt,
was den Bürger sehr verdrießt.
Auch wer ohne Kirche lebt
und nach freiem Glauben strebt,
wird per Steuer angehalten,
den Kirchenhaushalt zu gestalten.

Fast alles, was die Kirche macht,
wird ohnehin vom Staat erbracht.
Die Kirche sonnt sich in der Tat
in vielem, was bezahlt vom Staat.
Priester, Bischoff, Kardinal,
Personal in großer Zahl,
werden nur vom Staat entlohnt,
weil die Kirche das gewohnt.

Krankenhaus und Kindergarten
können auch vom Staat erwarten,
dass er mit Steuern unterstützt,
was der Allgemeinheit nützt.
Der Kirchenanteil ist zum Schein
zwar vorhanden, doch sehr klein.

So hat der Staat auch festgelegt,
wie man moralisch sich bewegt.
Nur für die Kirche gilt das nicht,
sie hat ihr eigenes Gericht.
Sie darf auf Arbeitsschutz verzichten,
der liebe Gott wird es schon richten.

Auch Kinder wurden oft missbraucht,
die Täter sind dann abgetaucht.
An Strafverfolgung kein Interesse,
da liest man schon lieber eine Messe.
Die Täter bleiben ungeschoren,
das ist bigott und unverfroren!

Niemand traut sich, das zu ändern
in Berlin und in den Ländern.
Die Politik könnte das klären,
wenn Parteien anders wären.
Ohne Blick auf Wählerstimmen
auf das Grundgesetz besinnen!

***

Bayern

Im Süden dieser Republik
macht Bayern eigne Politik.
Neben Bauern, Mägden, Knechten
dominieren hier die Rechten.
Strauss räumte schon damals ein:
„Rechts von uns darf niemand sein!"

Fremde nur im Urlaub bitte,
denn es ist in Bayern Sitte,
Geld von Fremden nimmt man gern,
doch besser ist's, sie bleiben fern.
Wir haben selber nichts zu beißen,
was wollen dann hier noch die Preiß'n?

Als Lebensmotto „**Mir san mir**",
das Nationalgetränk ist Bier.
Von den Männern trägt ein jeder
kurze Hosen, die aus Leder.
Im Wirtshaus auf den Tisch sie hauen.
Im Dirndl stecken ihre Frauen.

An den Stammtischen in Bayern
sie nach Wahlen meistens feiern.
Natürlich wird nur der gewählt,
der dem Pfarrer auch gefällt.
Man will schließlich christlich sein,
und sei es auch nur so zum Schein.

Die Bayern sind oft arrogant
und haben bisher nicht erkannt,
dass Toleranz 'ne Tugend ist,
mit der du ganz weit vorne bist!

***

Die Bundeswehr

Was heut beklagt, war früher schon,
die Rüstung nämlich glatter Hohn.
Helikopter, die nicht fliegen,
Rohre, die beim Schuss verbiegen,
Schiffe, die nicht wasserdicht,
so gewinnt man Kriege nicht.

Es ist sicher keine Frage,
beruhigend ist dieser Tage,
die Bundeswehr bleibt defensiv,
sie steckt im eigenen Sumpf zu tief.
Niemand wird es deshalb wagen,
Deutschland in den Krieg zu jagen.

***

Fake News

Die Fake News sind jetzt aktuell,
im Netz verbreiten sie sich schnell.
Besonders Trump im Weißen Haus
schickt täglich neue Lügen 'raus.

Ist das ein neues Phänomen?
Gab's das nicht früher schon zu sehn?
Immer wurde stramm gelogen
und die Wahrheit schlimm verbogen.

Das beste Beispiel ist die Bibel,
sie ist die reinste Lügenfibel.
Sie soll Geschehnisse belegen,
die es so wirklich nicht gegeben.

Maria, die noch Jungfrau war,
tatsächlich einen Sohn gebar?
Wenn es wirklich so gewesen,
will ich gern Trumps Lügen lesen!

***

Flaschen

Wer nicht genug zum Leben hat,
wird meistens auch nicht richtig satt.
Man sucht dann Flaschen unverzagt,
nur weil die Politik versagt.

Fürs Leergut gibt es etwas Geld,
das einen über Wasser hält.
Ein Sozialstaat ist das nicht,
er zeigt ein anderes Gesicht!

Für Waffen wird das Geld verschwendet,
dabei das Wählervolk geblendet.
Durch Flaschen auf Ministerposten,
die doch nur Steuergelder kosten.

***

Investitionen in den Krieg

Wer in Waffen investiert,
hat noch immer nicht kapiert,
dass Waffen nur für Kriege sind.
Das weiß inzwischen jedes Kind!
Nur die Regierung weiß das nicht?
Sie führt die Wähler hinters Licht!

Das Volk wird dabei nicht gefragt.
Nur was die Rüstungslobby sagt,
wird von Ministern umgesetzt,
denn man ist sehr gut vernetzt.
Und die Moral geht über Bord,
es zählt nicht mehr des Wählers Wort.

Das Rüstungsgeld ist rausgeschmissen,
das sollten auch Minister wissen.
Frieden ist so nicht zu haben,
dafür braucht es andere Gaben.
Man sollte die Milliarden geben,
sozialen Frieden anzustreben.

Mit ein wenig gutem Willen,
wär' Hunger in der Welt zu stillen.
Mit Waffen Frieden zu erlangen,
ist kein gutes Unterfangen.
Wer viel Geld hier investiert,
auch gerne Kriege initiiert.

Da zeichnet sich die NATO aus,
sie gibt viel Geld für Waffen aus.
Und setzt sie ein seit vielen Jahren,
anstatt den Frieden zu bewahren.
Ganz vorneweg die USA,
zum Bombardieren immer da.

Und auch Deutschland will wohl gerne
Kriegseinsätze in der Ferne.
Das Militär kriegt noch mehr Geld
für Waffengänge in der Welt.
In Richtung Osten will man starten,
das Soziale muss halt warten!

***

Trump und Nord Stream 2

Wer Trumps Interessen ignoriert,
im Wirtschaftskampf sehr schnell verliert.
Ein Beispiel ist die Nord Stream 2,
auch Deutschland ist beim Bau dabei.

Sollte es Europa wagen,
etwa Trump nicht vorher fragen,
werden Sanktionen angedroht,
noch besser wäre ein Verbot.

Russland soll uns Erdgas schicken,
man sieht Trump sehr böse blicken.
Er will eigenes Gas verticken
und Europa soll nur nicken!

Dabei ist Fracking angesagt,
was in der ganzen Welt beklagt.
Für die Umwelt sehr fatal,
doch Amerika ist das egal.

Der Transport ist nicht geheuer,
sicher wird er extrem teuer.
Schweröl wird dabei verbraucht,
Dreck, der aus dem Schornstein raucht.

Was bildet dieser Kerl sich ein,
er redet in Europa 'rein?
Wäre es nicht angebracht,
zu verhindern, was Trump macht?

Europa muss zusammenstehen
und endlich eigene Wege gehen.
Die Schleimspur Trumps ist viel zu glatt,
als dass man darauf Freude hat.

***

Über die NATO

So wie die NATO sich verhält,
gefährdet sie die ganze Welt.
Glaubt Stoltenberg vielleicht,
dass er mit Rüstung was erreicht?

Putin soll mit Drohgebärden
etwa eingeschüchtert werden?
Aus Übersee droht die Gefahr,
nicht allen ist das wirklich klar.

Was haben denn US-Soldaten
zu suchen in Europas Staaten?
Sie stationieren bei uns Waffen
und wollen damit Frieden schaffen?

Waffen bringen keinen Frieden,
Krieg wird damit nicht vermieden.
Und die Waffenindustrie
forciert die Rüstung wie noch nie!
Sie will Waffen produzieren
und sie natürlich ausprobieren.

Leider wird's bei uns geschehen,
deshalb sollten wir bald sehen,
dass in der NATO abgerüstet,
und man sich nicht mit Waffen brüstet.
Die Amis möchten gerne Krieg
und endlich wieder einen Sieg!

Nach Einfluss und Ressourcen streben
ging ihnen allzu oft daneben.
Jetzt sie auf Unterstützung hoffen,
Stoltenberg ist dafür offen.
Auch Deutschland, amisüchtig,
unterstützt die Pläne tüchtig.

Der Wehretat wird angehoben,
Rüstungsbosse werden das loben.
Das Geld fehlt nun an allen Enden,
besser könnte man's verwenden
für Bildung , Wohlfahrt und Struktur,
doch die Politik bleibt stur.

In der NATO sind wir fehl am Platz,
unser Engagement ist für die Katz.
Will der Ami Kriege „spielen",
soll er schaun nach neuen Zielen.
Europa sollte nicht mehr nicken
und GI's nach Hause schicken.

***

Zitat

Haltet die Bösen immer voneinander ge-
trennt. Die Sicherheit der Welt hängt da-
von ab.

Theodor Fontane

Klimakabinett

Politiker sind ignorant
und schaden damit unsrem Land.
Das Klimakabinett hat nun
festgelegt, was jetzt zu tun.

Doch die Ergebnisse sind mau,
weil wirklich nicht besonders schlau.
Was beschlossen, wird nichts bringen,
Klimarettung nicht gelingen.

Belastet wird der kleine Mann,
weil der sich nicht wehren kann.
Und auf die Bosse wird gehört,
egal ob das den Wähler stört.

Die Autobranche wird geschont,
damit verkaufen sich noch lohnt.
Und Tiere halten in der Masse,
damit es klingelt in der Kasse!

Verbote wären an der Zeit,
Politiker sind nicht bereit.
Windkraft scheint jetzt nicht gefragt,
Fracking-Gas ist angesagt!

Schlimm ist dieser Umweltdreck,
doch er dient dem einen Zweck,
den Amis hinterher zu laufen,
damit sie unsre Autos kaufen.

Wissenschaft wird ausgeblendet,
obwohl sie Signale sendet
und Katastrophen angekündigt,
wenn der Mensch so weiter sündigt.

Auf die Jugend ist zu hoffen,
die ihre Zukunft sieht betroffen.
Sie wird Politiker antreiben.
So wie es ist, kann es nicht bleiben.

***

Zitat

Der Staatsdienst muss zum Nutzen derer geführt werden, die ihm anvertraut werden, nicht zum Nutzen derer, denen er anvertraut ist.

Marcus Tullius Cicero

8. Wirtschaft

Die Lebensmittelindustrie

Die Lebensmittelindustrie
belügt Verbraucher wie noch nie.
Sie gibt sich selbst die besten Noten
für alles, was so feilgeboten.

Doch verschweigt man allerhand
Gräueltaten in dem Land.
Tiere leben in der Masse,
wichtig ist nur noch die Kasse.

Es wird gemästet und gequält,
weil letztlich nur Profit noch zählt.
Rücksichtslos wird abgeschlachtet,
Tierschutz gar nicht mehr beachtet.

Auch wo es nicht um Tiere geht,
der Konsument im Abseits steht.
Selbst der Landbau ist verkommen,
zuviel Chemie wird dort genommen.

Im Supermarkt wird auch gelogen
und mit Verpackungen betrogen.
Die Päckchen groß, die Ware klein,
so legt man seine Kunden rein.

Die Manager von Einkaufsketten
würden natürlich darauf wetten,
dass nur die Industrie das macht,
weil dadurch noch mehr Umsatz lacht.

Bei Interviews in diesen Kreisen
hört man sie sich selber preisen.
Der Verbraucher sei das Ziel,
für ihn leiste man sehr viel.

Diese Worte sind Fassade,
das ist schade.

***

Glyphosat und andere Umweltsünden

Ich weiß noch, dass am Wegesrand
ein bunter Blumenreigen stand.
Kornblumen blau und roter Mohn,
die sah man von weitem schon.

Der Bauer, der sie stehen ließ,
schuf ein Insektenparadies.
Die hatten ihren Lebensraum,
für Mensch und Tier war es ein Traum.

Bis ein paar Chemiegiganten
Chancen für Gewinn erkannten.
Und Monsanto vorneweg
produzierte Umweltdreck.

Als Glyphosat ist er bekannt,
die Bauern sprühen ihn aufs Land.
Erst gingen die Blumen ein,
für Tiere wird's das Ende sein.

Auch Bayer witterte Profit,
kaufte Monsanto und macht mit
bei den großen Umweltsünden -
nur aus monetären Gründen.

Den Bossen ist der Mensch egal,
die Krankheit Krebs gib es nun mal.
Was Glyphosat den Menschen tut,
macht Bayer anders wieder gut.

Bayer verkauft viel Arznei,
auch gegen Krebs ist was dabei.
Soll ein Aktionär sich zieren?
Er kann doppelt profitieren!

***

Im Supermarkt

Im Supermarkt gibt's viel zu sehen,
man muss nur an der Kasse stehen.
Dort findet man in Einkaufswagen,
was Kunden so nach Hause tragen.

In jedem Einkaufssortiment,
man den Kunden gleich erkennt.
Man sieht hier häufig auch den Grund
für das eine oder andere Pfund.

Die Dame mit zu viel Gewicht
kaufte sich ein Schnellgericht.
Und der Herr mit Bauchansatz
Süßigkeiten für den Schatz.

Das Mädchen mit der Schlabberhose
bevorzugt Eintopf aus der Dose.
Die Dicke mit der Atemnot
wählt fette Wurst fürs Abendbrot.

Der junge Mann, der viel zu klein
für sein Gewicht, der deckt sich ein
mit Pizza aus dem Kühlregal.
Dies ist schon länger seine Wahl.

Dazu Cola und Studentenfutter,
bald sieht er aus wie seine Mutter.
Die ist leider auch zu schwer,
denn das Essen schmeckt ihr sehr.

Eine Frau dort in der Schlange,
dünn wie eine Bohnenstange.
Im Einkaufskorb ein Joghurt nur,
sie achtet sehr auf die Figur.

Verabscheut Fleisch und jede Wurst,
mit Wasser stillt sie ihren Durst.
Hat viele Falten im Gesicht,
sehr attraktiv ist das ja nicht.

Schlank wie eines Zaunes Latte
die Dame, die zwei Söhne hatte.
Beide klein und nur am Quengeln,
so ist das wohl bei solchen Bengeln.

Sie wollen dies und wollen das,
den Supermärkten macht das Spaß.
Mit Pommes aus der Tiefkühltruhe
geben die Kinder endlich Ruhe.

Die Fertigkost ist angesagt,
nie vorher war sie so gefragt.
Menschen haben keine Zeit,
sind zum Kochen nicht bereit.

Dabei können frische Sachen
in der Küche Freude machen.
Und man kann dabei entdecken,
wie Gerichte besser schmecken.

***

Wein aus dem Labor

Zum guten Essen ein Glas Wein,
für den Genuss darf das schon sein.
Wird er im Labor gemixt
und der Kunde ausgetrickst,
ist der Genuss gar nicht mehr fein.

Leider gibt es ein paar Staaten,
deren Gesetze sind missraten.
Laborwein ist erlaubt,
egal ob man es glaubt.
Von dem Gesöff ist abzuraten.

Die USA sind auch dabei
bei dieser üblen Panscherei.
Die Wirtschaft hat das so geplant
und jetzt wird kräftig abgesahnt.
Die Politik gibt diesen Unfug frei.

***

Anmerkung:

Synthetischer Wein

In den USA ist es erlaubt, Weinen verschiedene Zusätze beizumischen oder auch durch Synthese und Rekombination neue Wein-Kreationen zu schaffen bzw. so Jahrgang für Jahrgang ein geschmacklich identisches Produkt herzustellen. Auch in der EU ist seit 2006 mit Inkrafttreten des "Weinhandelsabkommens" der Verkauf von so genannten Kunstweinen erlaubt. Dies betrifft meist Kalifornische, Australische und Neuseeländische Weine. In Deutschland sind solche synthetischen Herstellungsverfahren verboten. Das deutsche Weingesetz erlaubt nach wie vor nur Aromen, die bei der Gärung in Fass oder Tank entstehen. Als eines der wenigen Hilfsmittel ist den Winzern hierzulande etwa das Filtern durch Aktivkohle gestattet.

***

Politik und Landwirtschaft

Auch hier wird permanent gelogen,
und der Verbraucher stets belogen.
Gutachten werden schnell verfasst,
damit es den Konzernen passt.
Es wird gebremst in der EU,
damit die Bosse geben Ruh'.
Der Wähler ist nicht relevant,
erst nach der Wahl wird das bekannt.

Es wird vernichtet jeder Traum
über gesunden Lebensraum,
denn die Regierung unterstützt,
was den Chemiekonzernen nützt.
Agrarminister handeln so,
dass auch die Lobbyisten froh.
So sorgt man bei den Produzenten
für sattes Zubrot bei den Renten.

Am Ende der Ministerzeit
steht für die Wirtschaft man bereit.
Diese Chance zu generieren,
ist das Volk zu ignorieren.
Dann wird am Ende alles gut.
Interessiert des Wählers Wut?
Auf den kommt es nicht wirklich an,
man will nur an die Pfründe ran!

***

Zitate

So wie der Acker verdorben wird durch Unkraut, wird der Mensch verdorben durch seine Gier.

Buddha

***

Es gäbe genug Geld, genug Arbeit, genug zu essen, wenn wir die Reichtümer der Welt richtig verteilen würden, statt uns zu Sklaven starrer Wirtschaftsdoktrinen und - traditionen zu machen.

Albert Einstein

***

9. Sport

Fit bleiben

Der Arzt empfiehlt, sich zu bewegen,
was Blutdruckwerte auch belegen.
Doch welcher Sport ist anzustreben
für ein besonders langes Leben?
Der Möglichkeiten gibt es viele
für Fitnesstraining und für Spiele.

Langlauf ohne Langlaufbretter
geht auch ohne Winterwetter.
Nur die Stöcke sind dabei
und die Strecke wählt man frei.
Mancher wird darüber lachen
und so seine Witzchen machen.

Auch Jogging ist sehr angesagt,
Trimm-dich-Kurse sind gefragt.
Immer öfter sieht man Frauen
beim Dauerlauf in Wald und Auen.
Das hilft dem Geist und der Figur.
Die Frage ist, wie lange nur?

Man sieht ganze Horden alter Säcke,
die mit dem Rennrad auf der Strecke.
Mit Helm und Renndress aufgemotzt
wird dem Ischiasschmerz getrotzt.
Bei der nächsten Tour de France
wittern sie wohl ihre Chance.

Soll es gar ein Ballsport sein,
wird man Mitglied im Verein.
Welcher Ball ist einerlei,
wichtig ist, man ist dabei.
Golf ist ganz besonders schick,
es gibt dem Image einen Kick.

Es gibt viele Disziplinen,
die auch der Gesundheit dienen.
Die Sportartikelindustrie
macht Kasse damit wie noch nie.
Bei vielen, die jetzt Sport betreiben,
die Bosse sich die Hände reiben.

***

Sport und Doping

Kinder, die im Garten toben,
sind natürlich mehr zu loben,
als solche, die am Laptop lauern,
denn die sind eher zu bedauern.

Bewegung ist das Losungswort,
und deshalb treibt man auch gern Sport.
Man muss nur früh damit beginnen,
um später auch mal zu gewinnen.

Die Sportart ist dabei egal,
denn jeder hat die freie Wahl,
im fairen Wettkampf sich zu messen
und zu kämpfen wie besessen.

Manchem geht's nicht schnell genug,
deshalb greift er zum Betrug.
Mit Doping soll es besser gehen,
das darf natürlich niemand sehen!

Doch wenn Sportler derart lügen,
um ihre Gegner zu betrügen,
wird das Ergebnis nur verzerrt.
Ein solcher Typ gehört gesperrt.

Und zwar nicht für kurze Zeit,
denn wer einmal ist bereit,
Gegner übers Ohr zu hauen,
dem ist gar nicht mehr zu trauen.

***

FIFA

Die FIFA ist ein Weltverband,
wo Blatter seine Pfründe fand.
Seit Jahren trieb er dort sein Spiel,
verfolgte skrupellos sein Ziel.

Macht und Reichtum mussten sein,
Demokratie diente dem Schein.
Nur miese Tricks in großer Zahl
ermöglichten die Wiederwahl.

Wie bei der Mafia gelernt,
hat er sich vom Recht entfernt.
Er war nicht nur charakterlos,
auch im Lügen war er groß.

Wie Beobachter berichten,
darf nur die WM ausrichten,
wer hemmungslos und kriminell,
zahlt Bestechungsgelder schnell.

Es wurde ohne Scham geworben,
der Ruf war sowieso verdorben.
Präsente und dergleichen mehr,
halfen Freundschaften doch sehr.

Und bei der Ethikkommission
kannte man's Ergebnis schon,
bevor man in die Akten schaute
und sich irgendjemand traute,
Kriminelles aufzudecken
und bei Blatter anzuecken.

Die Untersuchung blieb intern,
so hatte es Herr Blatter gern.
Er kannte die Details genau
und vertuschte sie sehr schlau.
Die FIFA trieb ein mieses Spiel,
für Blatter brachte das sehr viel.

Der Neue, der zurzeit im Amt,
hat das Spielchen gleich erkannt.
Warum sollte er was ändern?
Denn in allen Mitgliedsländern
gibt es korrupte Funktionäre,
die wären sehr gern Millionäre?

***

10. Die Welt von A - Z

A   **Auto**
Zu Fuß ging einst der Ehegatte,
weil er noch kein Auto hatte.
Bald liebte er sein Auto mehr
und hatte keine Gattin mehr.

B   **Berge**
Menschen auf die Berge gehen,
um von dort ins Tal zu sehen.
Herrlich dieser Blick ins Tal,
doch der Aufstieg ist 'ne Qual.

C   **Christentum**
Die Christen haben missioniert
und sich weiter nicht geziert.
Gepredigt wurde mit Gewalt,
Kreuzzüge nannte man es halt.

D   **Denkmal**
Bist du bekannt in dieser Welt,
wird dir ein Denkmal hingestellt.
Wird es später abgerissen,
wird dich keiner mehr vermissen.

E   **Ernte**
Die Bauern allzu häufig klagen,
zu wenig ihre Felder tragen.
Zu viel Regen, viel zu heiß,
wir merken es sofort am Preis.

F   Freunde
Freunde sind im Leben wichtig,
und das zeigt sich erst so richtig,
wenn was schief gegangen ist,
du auf sie angewiesen bist.

G   Gericht
Vor dem Gericht sind alle gleich?
Das gilt für Arm und auch für Reich?
Ich denke, dass dies Träume sind.
Justitia ist manchmal blind.

H   Humor
Humor bestimmt das halbe Leben.
Die andere Hälfte ist es eben,
die uns manchmal Sorgen macht,
und in der man selten lacht.

I   Intrigant
Welche Worte man auch wählt,
immer nur die Wahrheit zählt.
Doch manchmal hat der Intrigant
den Imagevorteil auf der Hand.

J   Jagd
Es gibt Jäger und Gejagte.
Letztere man gar nicht fragte,
ob die Verteilung dieser Rollen
sie bei der Jagd auch wirklich wollen.

K   **Kunst**
Nicht alles, was heut' Kunst genannt,
wird als solche auch erkannt.
So ist es auch schon vorgekommen,
dass sie als Sperrmüll mitgenommen.

L   **Liebe**
Die Liebe auf den ersten Blick
mündet oft im großen Glück.
Doch kann es auch geschehen,
dass die Liebe ein Versehen.

M   **Mode**
Was Designer so gestalten,
wird für Mode oft gehalten.
Es gibt Damen, die es tragen,
ohne nach dem Preis zu fragen

N   **Natur**
Die Natur uns meist beglückt,
doch zurzeit spielt sie verrückt,
weil sie vom Menschen wird zerstört,
der auf die Wissenschaft nicht hört.

O   **Oper**
Die Oper ist ein Kunstgenuss,
doch nicht immer, denn man muss
ausharren eine lange Zeit
auf schmaler Sitzgelegenheit.

P   **Perücke**
Wenn der Mann kommt in die Jahre,
dann verliert er auch mal Haare.
In diesem Fall hilft die Perücke
zu schließen manche kleine Lücke.

Q   **Quarantäne**
Krank von Viren und Bazillen
hofft auf Heilung man im Stillen.
In Quarantäne wartet man,
bis man in die Freiheit kann.

R   **Rücksicht**
Der Wertewandel hat's gebracht,
dass Etikette nicht bedacht.
Rücksicht ist nicht an der Zeit,
schon eher Rüpelhaftigkeit.

S   **Sommer**
Nur der Sommer, heiß und trocken,
kann Menschen an die Strände locken.
Dort stürzen sie sich in die Wellen,
am Abend ihre Haut wird pellen.

T   **Trauung**
Sehr feierlich vor dem Altar
ihre Eheschließung war.
Und gleich nach diesem Ritual
ging es zur Feier in den Saal.

U   **Urlaub**
Volle Flieger, Autostau,
Urlaub gleicht dem Supergau.
Wäre man zu Haus geblieben,
könnte man im Garten liegen.

V   **Volk**
„Wir sind das Volk ", hieß es im Osten,
„endlich von der Freiheit kosten".
Man musste Honecker bezwingen,
gewaltfrei sollte es gelingen.

W   **Welt**
Betrachtet man sich unsere Welt
und was sie zusammen hält,
ist der Mensch auf dieser Erde
wohl der Grund für 'ne Beschwerde.

. X   **Xanthippe**
Xanthippe hat im Altertum
einen zweifelhaften Ruhm.
Streitsucht wird ihr nachgesagt,
bei Männern ist das nicht gefragt.

Y   **Yeti**
Der Yeti im Himalaja
ist schon viele Jahre da.
Nur selten wurde er gesehen,
das kann man sicher gut verstehen.

Z **Zorn**

Manch Ehe endete im Zorn.
Beide fingen an von vorn.
Doch sehr oft nach kurzer Zeit,
tut die Trennung beiden leid.

***

11. Die Welt von oben

Im Segelflugzeug

Fast lautlos durch die Lüfte gleiten
kann das größte Glück bereiten.
Den Vögeln gleich von oben schauen
auf Städte, Flüsse, Wälder, Auen.

Ganz allein am Himmel schweben,
das heißt Segelflug erleben.
Den Wolken nah, der Erde fern,
ich fliege immer wieder gern.

Die Menschen wirken von hier klein,
die meisten möchten größer sein.
Doch schaue ich genauer hin,
kommt mir dieses in den Sinn:

Wer sich für wirklich wichtig hält,
für unentbehrlich in der Welt,
könnte von hier oben sehen
und nach kurzer Zeit verstehen,
wie unbedeutend jemand ist,
der sich an den Finanzen misst.

Mein Haus, mein Auto, meine Uhr,
sind doch Protzereien nur.
Die Welt von oben zeigt uns klar,
was schon immer wichtig war:
Nach Zufriedenheit zu streben,
heißt auch, die Natur erleben.

Mond und Sterne

In einer schönen Sommernacht
der Mond im Kreis der Sterne lacht.
Er schaut sich unsre Erde an
und sieht, was er nicht glauben kann.

Neben ihm die Sterne leuchten,
was sie eigentlich nicht bräuchten.
Auch im Dunkeln ist zu sehen,
was die Menschheit lässt geschehen.

Die Umwelt wird sehr strapaziert,
die Erde immer mehr verliert.
Regenwald, Eis an den Polen,
ständig wird ihr mehr gestohlen.

Nicht nur der Mond runzelt die Stirn,
sind denn die Menschen ohne Hirn?
Fliegen zu ihm mit Raketen,
nur um ihn mal zu betreten.

Sie stellten fest, dass es nicht lohnt,
weil man auf Erden besser wohnt.
Lasst die Erde überleben,
danach sollten alle streben.

***

12. Afrika

Namibia

Will man Afrika verstehen,
muss man seine Schönheit sehen.
Wer Afrika genauer kennt,
verliebt sich in den Kontinent.

Was sicher jedem dort gefällt,
sind Tiere, Landschaft, Farbenwelt.
Und wenn die Sonne untergeht,
wohl auch der Letzte das versteht.

Zum Beispiel in Namibia,
ein jeder schwärmt, der einmal da.
Ein Paradies für jeden Sinn,
für die Gefühle ein Gewinn.

Farben leuchten in der Sonne,
für das Auge eine Wonne.
Den Kalahari-Wüstensand
in intensivem Rot ich fand.

So feuerrot der Himmel strahlt,
wie es kein Maler je gemalt.
Die Sonne scheint mit aller Macht,
bevor sie Platz macht für die Nacht.

Auch in der Etoshapfanne,
mit weitem Blick in die Savanne,
zeigt die Natur uns voller Pracht,
was die Schöpfung hier vollbracht.

Eine Pirschfahrt zu den Tieren
wird wohl jeden faszinieren.
Tiere in Freiheit zu erblicken,
wird den Tierfreund sehr entzücken.

Wenn sie Erfolg beim Jagen hatten,
suchen Löwen Platz im Schatten.
Sie liegen müde nach dem Fraß
getarnt im hohen Steppengras.

Geparden jagen auch am Tag,
was die Gazelle gar nicht mag.
Kommt ein Gepard ihr doch zu nah,
weil sie ihn diesmal übersah,
hilft ihr nur noch eine List,
weil die Katze schneller ist.

Früh geht hier die Sonne unter,
und alle Tiere werden munter.
Die gesamte Raubtiermeute
sucht die ganze Nacht nach Beute.

***

Sterne über Afrika

Wer südlich vom Äquator weilt,
nachts unter freiem Himmel bleibt,
beeindruckt ist vom Firmament,
das von zu Hause er nicht kennt.

Die Sterne, die am Himmel sind,
hat man bewundert schon als Kind.
Doch was im Süden in der Nacht
den Sternengucker sprachlos macht:
Das eindrucksvolle Sternenzelt,
wie sonst nirgends auf der Welt.

Von diesem Bild ist man gerührt,
weil man im tiefsten Innern spürt,
wenn wir mit dem Herzen blicken,
kann die Schöpfung uns beglücken.

***

Zitat

Wir werden eine Gesellschaft errichten, in der alle Südafrikaner, Schwarze und Weiße, aufrecht gehen können, ohne Angst in ihren Herzen, in der Gewissheit ihres unveräußerlichen Rechtes der Menschenwürde, eine "Regenbogennation" im Frieden mit sich selbst und mit der ganzen Welt.

Nelson Mandela

***